SHEJI BIAOXIAN
JIFA CONGSHU
Shouhui Shangye
Huanjing Xiaoguotu

设计表现技法丛书

手绘商业环境效果图

乔雨林 孙悦 编著

时代出版传媒股份有限公司
安徽美术出版社
全国百佳图书出版单位

图书在版编目（CIP）数据

手绘商业环境效果图 / 乔雨林，孙悦编著.-- 合肥：安徽美术
出版社，2010.12（设计表现技法丛书）
ISBN 978-7-5398-2636-3

I.①手… II.①乔… ②孙… III.①商业建筑－空间设计－
建筑制图－技法（美术） IV.①TU247-64

中国版本图书馆 CIP 数据核字(2010)第235913号

设计表现技法丛书

手绘商业环境效果图

乔雨林　孙悦 编著

本册主编：孙　筠

出 版 人：郑　可

策　　划：谢育智　赵启芳

责任编辑：赵启芳

责任校对：司开江

装帧设计：正　方

责任印制：李建森　徐海燕

出版发行：时代出版传媒股份有限公司

　　　　　安徽美术出版社(*http://www.ahmscbs.com*)

地　　址：合肥市政务文化新区翡翠路1118号出版传
　　　　　媒广场14F　　邮编：230071

营 销 部：0551-3533604（省内）
　　　　　0551-3533607（省外）

印　　制：安徽联众印刷有限公司

开　　本：889×1194　　1/16　　印　张：5

版　　次：2011年1月第1版
　　　　　2011年1月第1次印刷

书　　号：ISBN 978-7-5398-2636-3

定　　价：32.00元

目录

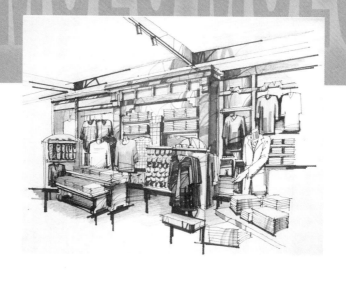

前　言

　　环境艺术设计是指以创建人类生存的优质环境为出发点，对人类生存的物质生活环境进行美化的系统构思与艺术设计。它是联系城市设计的实际来综合解决城市建筑与环境美的一个重要手段。从当今社会经济的不断发展和人们不断增长的对物质、文化特别是环境美的要求上看，环境艺术设计越发呈现出一种高水平的、全面的、整体的、贯穿于其中的设计面貌。

　　手绘商业环境效果图表现是环境艺术设计学科中的一门课程。因其所具有的实用价值在广受业内人士的关注的同时，也备受各专业院校的普遍重视。

　　手绘商业环境效果图表现的目的是表达设计师的设计意图，给人们提供一个具体的商业空间形象和完美的视觉效果。手绘商业环境效果图表现是一门专业性很强的艺术表现方法，是设计师必须掌握的本领，一方面设计师借助商业空间手绘效果图表现充分发挥自己的艺术想象和创造力，另一方面也是设计者与建设者之间的桥梁。

　　手绘商业环境效果图表现是指运用各种手绘手段进行商业空间形态塑造的绘画方法。手绘商业环境效果图表现所涉及的内容和表现形式是多种多样的，它既是商业的、物质的也是精神的产品，更是一种从商业、经济、人文、空间、功能、技术等各方面进行的一种艺术表现形式。

　　在日常的教学工作中，经常有一些学生会问到这样一个问题：当今用计算机软件作图很方便，再学习这些基础的写生和手绘课程对本专业和今后的发展会有多大的实际意义。不能否认当今计算机软件和硬件技术的发展给我们的生活和工作带来的积极作用，计算机具有快捷、方便，实用性和可操作

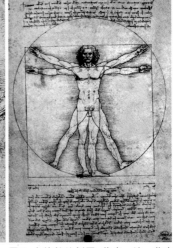

图1　战车设计草图　作者：达·芬奇　　　　　　　　　　图2 人体的比例图 作者：达·芬奇

手绘商业环境效果图
Shouhui Shangye HuanJing Xiaoguotu·1

性强，设计者可对已有的设计方案进行随时随地修改的优势。但我们常常会发现，一个具备熟练操作计算机软件能力的学生，未必能设计出具有一定水平的设计作品来。设计出成功的作品最关键是设计师必须具有扎实的造型基本功和创造性思维的能力。因此，只有不断提高我们的表现能力和想象能力，将脑和手有机地结合起来，设计水平才会有一个质的提升。

手绘商业环境效果图表现是设计者用来表达设计构思的设计图，是视觉传达的一种形式。它是设计者的应用设计意识和设计语言将心中纷繁的客观世界浓缩成点、线、面和色彩的具象形态。它与计算机设计不同，设计者通过手中的工具，可以毫无羁绊地直抒心意，从而迅速有效地将自己随时闪现的灵感记录下来。优秀的手绘效果图为人们展现出设计者丰富的创意和深厚的艺术修养，具有很强的说服性和视觉冲击力。许多杰出的设计大师同时也是很杰出的画家，如：文艺复兴时期的代表人物达·芬奇、米开朗基罗，工艺美术运动时期的代表人物威廉·莫里斯，新艺术运动时期的代表人物高迪和凡·德·威尔德，现代主义代表人物勒·柯布西耶等，这样的例子不胜枚举。大师们的成功经验给予我们一定的启示。（图1至图3）

本书是一部有关商业环境手绘效果图表现技法的书籍，是为环境设计专业的学生和对环境设计学科中对手绘商业环境效果图表现有兴趣的同仁量身编写的。笔者结合多年在设计院校从事设计和设计基础教学的经验，在分析总结学科前沿知识和当今手绘商业环境效果图表现的流行趋势的前提下，从实用、易学和系统的角度出发，对手绘商业环境效果图表现加以分析和阐述。

本书从手绘商业环境效果图表现的最基本的方法、步骤着手，遵循由简到繁、先易后难的原则安排各章的内容。由最初的对各种不同工具的认识，工具性能的掌握，表现技法的运用，直到商业空间的表现，循序渐进，逐步展开。在题材选择上，考虑综合手绘商业环境效果图的空间元素表现如人物、商品、展台、展柜、柱体、地面等，透视图、视图、草图及景观的各种手绘方法，设置完整课题，使读者初步掌握手绘商业环境效果图的各空间元素表现的基本特点和表现方法，展开对商业空间形态的塑造。作品赏析部分选取当今中外部分设计家优秀作品，以供读者学习和借鉴。

在很短的时间内尽快提高自己的商业环境手绘效果图表现的技巧和水平，是许多环境设计专业学生和对环境设计学科中商业环境手绘效果图表现有浓厚兴趣同仁们的共同愿望。但是，学习的过程是从来没有捷径可行的。只有勤于动脑、勤于动手，加强专业理论学习，用丰富、扎实的专业理论来指导自己的实践，才是明智的选择，别无他途。

由于时间和水平所限，本书在编写的过程中难免挂一漏万。如能对环境设计专业学生和对环境设计学科中手绘商业环境效果图表现有浓厚兴趣的同仁们起到点滴的抛砖引玉作用，我们会感到很高兴的。

在此，恳请同仁们批评指正。

图3　建筑表现手稿　作者：勒·柯布西耶

第一章　工具和材料

"工欲善其事，必先利其器"。对工具和材料充分准备，并对其性能有充分认识，有利于表现水平的发挥。为了达到良好的设计效果，很多有成就的设计师对工具材料的选择是非常重视的，他们对不同的表现对象采用不同的工具。所以，做好工具和材料的准备，对不同工具材料的性能加以了解是手绘商业环境效果图表现学习的前提条件。

第一节　画笔

1.铅笔和炭笔：是常用的绘图工具。通用的铅笔标号为B、H，分别代表软硬度。B类铅笔一般分为B～8B，数值越大笔芯含炭量就越大，含铅量越少，画出的线色泽就越深。H类铅笔一般分为H～5H，数值越大笔芯含炭量越少，含铅量越大，画出的线色泽就越浅。炭笔的笔芯几乎不含铅，画出的笔触色泽较深，肌理感强，表现力十分丰富。

手绘商业环境效果图表现通常选用2B铅笔至4B铅笔为宜。由于个人习惯和画面的要求不同，也有用更浅或更深型号的铅笔和彩色铅笔。由于铅笔的性能易于掌握，表现力强，在质地较好的纸面上画出的线条柔和自然、层次清晰，富于变化且容易修改，是初学者的首选工具。

使用铅笔进行手绘效果图表现时，一定要注意作画的方法。最初使用铅笔宜采用先浅后深的表现方式，尽量下笔准确，不要反复修改，否则会损伤纸面，破坏最终画面的效果。（图1-1）

炭笔着色浓重，在手绘效果图表现中常与水彩或其他颜料结合使用，表现出的点、线、面和形体变化丰富，层次感强，虚实有序。

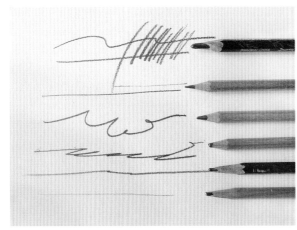

图1-1　铅笔的线条表现

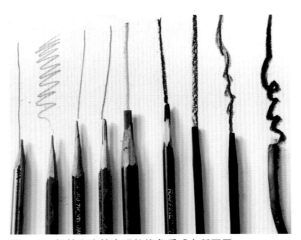

图1-2　铅笔和炭笔表现的线条质感有所不同

用炭笔进行手绘表现，需要具有很强的造型表现能力。在打初稿和着色时忌反复修改，否则会造成画面脏乱无序、层次不清等问题。(图1-2)

2.钢笔、圆珠笔、签字笔、制图笔、鸭嘴笔等这些属硬笔工具。画出的笔触坚挺光滑，粗细各异，便于携带。采用以上工具绘制的效果图画面优美自然、线条明快流畅，变化多端，画面效果更加突出，并为多种全新表现方式的探讨提供了可能。（图1-3）

3.麦克笔又称马克笔，分油性和水性两种。由于该工具固有的特性，用马克笔表现的手绘效果图色彩丰富，光洁流畅，富于动感。用马克笔表现效果图时不必强调太多细节，将个人的基本想法和感觉表现出来就可以。要想将马克笔运用自如，关键要勤于实践，在实践中运用马克笔的涂、拖、扫、点、拉等各种笔法，体会马克笔各个角度行笔的效果。（图1-4）

软硬适中的马克笔因其便于携带，颜色亮丽，便于刻画形象，画出的线条、块面组合结构清晰、质感丰富，具有灵动的和丰富多彩的效果，长期以来受到设计人士的青睐。用马克笔重复上色时会有色彩不混合的问题产生。考虑到画面最后的效果，建议初学者最好多准备一些色彩不同的马克笔。（图1-5）

4.彩色铅笔可分为软质彩色铅笔、硬质彩色铅笔和水溶性彩色铅笔。硬质彩色铅笔与软质彩色铅笔的笔芯是由含色素的染料固定成笔芯形状的蜡质接着剂（媒介物）做成，媒介物含量越多笔芯就越硬。淡色的笔芯较硬，深色或鲜艳色的较软。这是因为笔中媒介物含量的关系，接近白色的彩色铅笔比鲜艳的粉红色的笔芯硬很多。水溶性的彩色铅笔一沾水就像水彩颜料一样溶开，产生水彩画的效果。彩色铅笔与水彩或油彩相比较，易受素材及混色变化的限制。因此，彩色铅笔的笔触就成为表现素材极重要的关键。笔芯的削法影响到其笔触的表现，所以选择画笔便很重要，削铅笔机虽然能削得又快又好，但画出来的线条过于统一，缺乏变化。用刀子削的

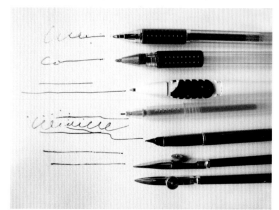

图1-3　钢笔、圆珠笔、签字笔、制图笔、鸭嘴笔

图1-4　马克笔

图1-5　马克笔的笔触表现

图1-6　彩色铅笔的线条表现

图1-7　毛笔、板刷等常用工具

图1-8　蜡笔的线条表现

图1-9　色粉笔的线条表现

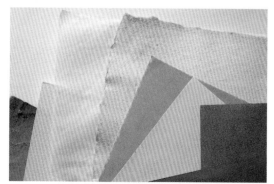

图1-10　各种手绘效果图用纸

铅笔能得到宽窄不等的笔尖，而这种宽窄不等的笔尖很容易画出有变化的线条，随着运笔角度的变化、回转，你会画出意想不到的线条。（图1-6）

5.其他画笔：毛笔、板刷等属绘画常用工具。根据需要可选择大小不同型号。毛笔是中国画家普遍使用的工具，笔触随意、变化丰富是其主要特点，其多种多样的使用方法和变化多端的效果得到许多设计人士的重识。板刷在商业环境手绘效果图表现过程中适于绘制画面底纹，大面积铺色和渲染，用它绘制的画面简洁概括、大气酣畅、富于变化，具有极强的表现效果。在商业环境手绘效果图表现过程中，两者既可单独使用，也可与其他工具同时使用。（图1-7）

此外，色粉笔、蜡笔等在手绘效果图表现中也是经常使用的工具。限于篇幅所限，这里就不一一赘述。（图1-8、图1-9）

总之，一定要充分认识到，掌握和发挥好各种绘画工具的表现性能对手绘商业环境效果图表现的学习和作品水平的提高具有至关重要的作用。

第二节　画纸

一般美术用品商店出售的素描纸、水彩纸、白卡纸、哑粉纸、复印纸、铜版纸和色调不同的有一定厚度的有色纸，马克笔专用纸和硫酸纸等都可作为手绘商业环境效果图表现用纸。手绘商业环境效果图表现对纸张选择很关键，这关系到对物象的刻画和画面最终效果的问题。其次，使用不同的绘画工具表现不同的题材时，要相应地选择不同质地的纸张，这既有利于工具特性的充分发挥和对物象不同质感的刻画，也有利于不同的表现技巧以及画面不同效果的表现。例如，用硬笔表现时，大多采用质地结实的白卡纸、铜版纸、有色纸和水彩纸。（图1-10、图1-11）

第三节　水彩颜料

水彩颜料具有透明度高、色彩明快的特点。按制作工艺划分可以将水彩颜料的种类分为四种：干水彩颜料片、湿水彩颜料片、管装膏状水彩颜料、瓶装液体水彩颜料。

水彩颜料因加水量的不同会呈现出各种不同的深浅和色彩变化。当颜料在纸上呈湿润或已干状态时，涂上其他色颜料，可以出现混色、叠加等不同效果。（图1-12至图1-14）

图1-11　各种手绘效果图用纸

运用水彩颜料画出的效果图色彩变化丰富，水色交融，优雅灵丽，表现力强。水彩颜料有透明和不透明之分，水彩颜料中的群青、赭石、土红等色属矿物性颜料，单独使用或与别的色相混合使用都易出现沉淀现象。把握这一特性，运用水彩颜料画的效果图可增加产品的透明度，特别是用在玻璃、金属、反光面等透明物体的质感表现上。透明和反光的物体表面很适合用水彩表现。

要注意水彩湿画法、干画法、平涂法和重叠法等方法的运用，着色的时候由浅到深，一气呵成，尽可能不要重复用笔。这样可避免画面出现脏、灰和不透明的问题。（图1-15、图1-16）

此外，透明水彩颜料也是一个很好的选择，但这种颜料不耐久，作品长期存放会褪色。

图1-12　水彩工具

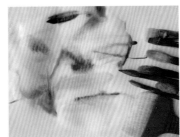

图1-13　水彩颜料的干湿画法

图1-14　透明水彩颜料

图1-15　雨中即景（水彩建筑写生）　作者：乔雨林

图1-16　北方的冬天（水彩建筑写生）　作者：乔雨林

第四节 水粉颜料

水粉颜料又称广告色。可用于较厚的着色和深入刻画。水粉颜料与水彩颜料相比色粒较粗，与水融合使用后颜色会变得很亮丽，覆盖力强，富有层次感。一般情况下，用水粉颜料进行手绘表现时可以一层层盖上去，常从最深的颜色下笔。水粉颜料色调干湿变化大是其主要特点，也是水粉颜料不易把握的最大难点。水粉颜料湿的时候颜色比较深，色彩纯度也相对比较高；干后颜色会变浅，色彩纯度也会相对降低。带紫色倾向的颜色比如玫瑰红、紫罗兰和青莲色，这些颜色不容易被其他颜色覆盖，容易产生泛色现象。在练习过程中，水粉颜料的这些特性要特别注意。（图1-17至图1-19）

在环境设计专业教学基础课程中，水彩画和水粉画写生教学占有相当的比例。其目的就是要解决学生的造型、色彩理论在实际中的应用、表现技法等问题，进而使学生能够自如地运用色彩审美的原则，表现物象的本质，自如地体现个人的思想情感。所以，学好该阶段的课程，将对下一步专业的学习起到事半功倍的效果。

图1-17 水粉的工具和材料及表现

图1-18 皖南水粉风景写生 作者：乔雨林

图1-19 皖南水粉风景写生 作者：乔雨林

图 1-20 橡皮　　　　　　　　　　　　　　　　图 1-21 橡皮的使用

第五节　橡皮、尺及其他工具

　　橡皮是绘画常用的辅助工具。橡皮在手绘效果图表现过程中，多用来擦除出错的地方和清洁纸面。也有的画家将它当成"白笔"，用来提亮画面。

　　橡皮有软硬之分，软橡皮由硫化橡胶和塑胶制成，有一定的可塑性和黏性。硬橡皮由硫化橡胶制成，与软橡皮相比手感较硬，使用起来要小心以免破坏纸面。使用橡皮最重要的问题就是尽量不要破坏纸面。否则，对画面进一步的刻画会造成很大的麻烦。（图1-20、图1-21）

　　比例尺、槽尺、圆规等是设计师常用的工具。使用这些工具画圆形和直线是一个很好的选择。使用比例尺可以使画出的线稿比例准确。

　　某些情况下，借助于尺画出的线条，会给人一种简洁、流畅、完整之美。（图1-22）

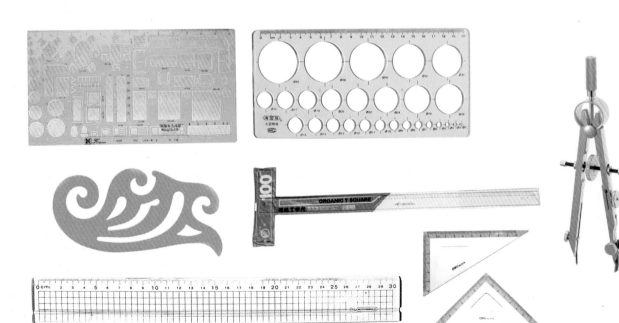

图 1-22　辅助工具

第二章 对点、线、面的认识

第一节 点

点是绘画和设计艺术表现要素中最小的元素单元。点的概念也普遍应用于几何学、数学等学科，被人们定义为非物质的存在，有位置而无面积。

从绘画和设计的综合要素上看，点是最简洁的形态，具有一定的面积和各种形状。线和面均由此而产生。点的表现力是丰富多彩的，线或面的集中处形成感觉上的点，点越少越容易集中视觉，单独的点往往成为视觉的焦点。

利用点对主体物进行充分表现，能够使画面具有绘画和装饰效果，对点的精心排列可以造成变化和节奏感，聚集的点远看可成为面。点在一定情况下可以是具象的也可以是抽象的，是设计者情感因素的具体体现。（图2-1至图2-3）

 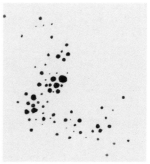

图2-1 不同形状点的形态　　图2-2 不同大小的聚集圆点

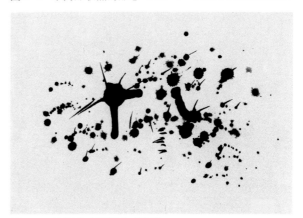

图2-3 不同大小形状点的聚集

第二节 线

线是由点运动产生的轨迹。两个以上的点相连可组成多种多样、富于变化的线，它是造型艺术的基本形式要素之一。线的形态有两种：一种是实际描绘出的不同形态的线；另一种是为区分形或色调所形成的边线。线的变化可以给人带来形式美感，具有丰富的表现力。

在表现手绘效果图时，可利用线的长短、粗细、深浅、粗糙、细腻、曲直和虚实等表现物象的比例、结构、透视、立体感、质感、分量感、空间感、方向性、动态美感等特征，并对作者的

图2-4 粗糙、细腻，曲直和顿挫的用线

图2-5 具有曲折、虚实的网 图2-6 具有快速、长短、方向 图2-7 线的质感表达
线、团线和有变化的线 性、动态美感和抑制的线

图2-8 不同形态线的运用 图2-9 线的质感表达

感情等因素进行表现。（图2-4至图2-9）

用线条表现手绘效果图具有明确、肯定的特点。用线条来表现可以去除许多与形体结构无关的因素，集中地表现结构，从而切中形体的关键部位，抓住本质。例如：在一个体面的起止点和转折点上，要用线表现出这个体面结构的穿插、转折和联系，要透过现象看本质，画面上每一根线条都不是随意画上去的，没有任何随意性和偶然性。

线条是人的主观创造。线条构成了人类的文字和绘画语言。当艺术还处在萌芽阶段的时候，用线条表现的物象还仅仅是对自然认识的再现。随着人类社会的发展，艺术走向成熟，用线条表现的物象就变得充分、准确和自如了，由此发展上升到"以情写景"、"以形传神"的高级阶段。

线条具有动势的美、浑厚的美、刚柔相济的表现美，线条的长短、粗细、曲直、横竖、轻重以及断断续续的线、辅助线等各有妙用，线条的渐变和重复给人以旋律和节奏感，线条相交、分割所形成的夹角又给人以力度感，正如中国书法的笔画既有轻柔又有遒劲。一般在手绘效果图中，表现质感比较硬的物体，多用直线表现；表现质感比较柔软的物体，多用弧线表现。根据质感的不同可用不同线来表现，从而取得美的各种形式。

（1）圆形 使人联想到车轮，有旋转、滚动、饱满、柔和、内向和亲切的感觉。（图2-10至图2-13）

（2）S形 使人联想到人体轻柔的伸展和扭动，有一种优美流畅的感觉。（图2-14、图2-15）

（3）△形 使人联想到埃及的金字塔，有稳定、向上和飞驰等感觉。（图2-16至图2-18）

（4）水平线 使人联想到广阔的天地，有广袤、平静的感觉。（图2-19至图2-21）

（5）垂直线 使人联想到纪念碑和参天的大树，有高耸、庄严、寂静的感觉。（图2-22至图2-25）

（6）波浪线 使人联想到风吹动下寂静的水面和草地产生的波浪,有舒缓、律动的感觉。（图2-26至图2-30）

图2-10 旋转、滚动、饱满、柔和的圆形

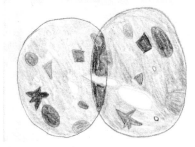

图2-11 不同形状圆的组合使人联想到车轮律动和方向的变化。

图2-12 两个圆形相交合更显得柔和、内向和亲切。

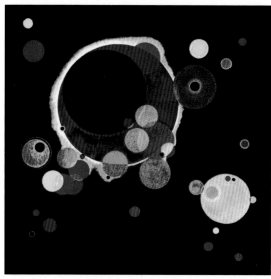

图2-13 不同形状圆的组合使人联想到车轮律动和方向的变化。 作者：威斯利·康定斯基

图2-14 S形线与其他形状组合不失优雅流畅之美。

图2-15 S形线轻柔的伸展和扭动，给人一种优美的感觉。

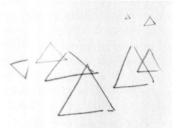

图2-16 使人联想到埃及的金字塔，有稳定、向上的感觉。

图2-17 多形态三角形繁杂组合也会给人以稳定、向上的感觉。

图2-18 三角形与其他不同形状的线相组合，也不失其稳定之感。

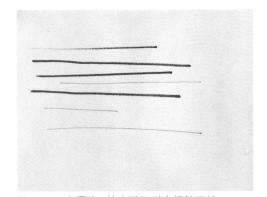

图2-19 水平线 使人联想到广阔的天地。

图2-20 水平线和垂直线的采用使人感到平稳。

图2-21 水平线使人有广袤、厚重和平静的感觉。

图2-22 垂直线使人有向上的感觉。

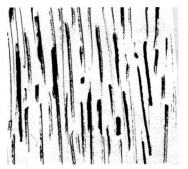

图2-23 垂直线给人以挺拔的感觉。

图2-24 垂直线会使人联想到纪念碑和参天的大树，有高耸、庄严、寂静的感觉。

图2-25 有时当直线出现方向性变化时，会给人以变化多端的联想。

图2-26 紧凑与舒展的波浪线

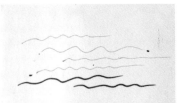

图2-27 舒缓的波浪线

图2-28 使人产生联想的波浪线

图2-29 具有律动感的波浪线

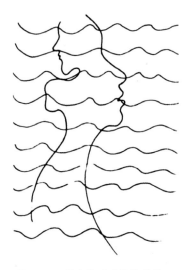

图2-30 具有律动感的波浪线

第三节　面

面是指物象表层的状态，是由无数个点和线聚集产生的结果，有大小、形状上的不同变化，是造型艺术基本形式要素之一。在绘画和设计过程中，对这些大小、形状不同的面进行裁剪、重置和表现，会给人不同的视觉感受，产生理想的表现效果，是手绘效果图设计常用的表现手段。

面的形式可以利用围合的线条界定，也可利用明暗色调界定边缘线。

线条可以抓住表现物体的关键部位，进行简略概括，表现该物体的本质。图2-31是餐厅步骤图之一，在这幅图中的体块关系完全利用线条表现。

环境手绘效果图表现不同于造型专业的绘画，需要向他人尽可能全面地传达设计意图。"面"的元素的介入，丰富了画面，通过对这些大小、形状不同的面进行裁剪、重置和表现，更加深入地表现了形体和投影关系。对于图2-32这幅作品而言，画面中的中心焦点以面的形式表达，而画面的四边为次要表现的部分，因此以线的形式出现。

图2-33利用深色和浅色的块面对比，强化了画面中的黑白灰关系和空间感，在深胡桃色的家具和深灰色的地砖映衬下，床单和套房的玻璃门显得更加轻盈明快，为了与衣柜的庄重和分量感形成对比，作者有意只利用寥寥几笔表现画面右侧的木门，面的形式和层次都变得更加丰富。

面在手绘作品中的作用还有一点，就是阐述色彩。图2-34画面中的墙面采用大红色，地面采用黑色，浴缸洁具是

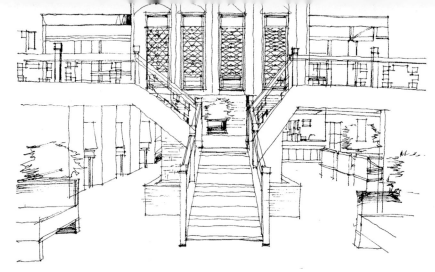

图2-31　在这幅图中的体块关系完全利用线条表现。

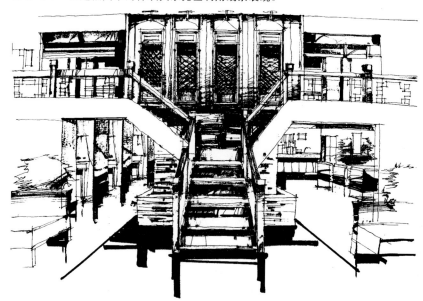

图2-32　分析图

图2-33　标准套间卧室效果表现　作者：孙悦

图2-34　旅馆卫生间效果表现　作者：孙悦

图2-35　物象明暗的简单素描表现

纯白色，而洗手池则采用深褐色，色块之间的对比通过面的形式得以表达。

第四节　明暗

明暗是商业空间手绘效果图表现立体感和空间的关键要素。明暗的产生来自于光线，表现明暗和结构要运用明暗调子的对比和层次。（图2-35）

图2-36右侧的火烧板组成的大面积墙面和地面地砖以及中央的玻璃围合景观构成了画面中的主体轮廓，整张画面处于逆光之下，并借助光影强调画面的体块关系和空间层次。

图2-36　休闲空间效果表现　作者：孙悦

第五节　质感

　　质感是指各种物象之间不同的质地差别。在手绘效果图中运用各种表现手段，可以表现出不同物象的质地特点。质感可采用一些特殊对比表现手段来完成，如画线和涂面的时候用笔的轻重、疾徐、顿挫等。质感的表现包括三个方面的内容：硬度感（软、硬、弹性等）；物体的量感（轻、重感）；光滑度（光滑、粗糙等）。手绘效果图注重将物体呈现的这些特点充分表现出来，在呈现深入刻画物体的真实感的同时，也体现出绘画表现的基本素质和能力。物象有深有浅，质感有的蓬松，有的坚硬，有的地方平滑，有的地方粗糙，有的凸出，有的凹陷。有的恰似玻璃般的透明

图2-37　质感的表现　（水彩风景画）　作者：乔雨林

晶体，均存在不同的差别。通过对质感的深入刻画，掌握物体质感的表现方法，为下一步专业设计的学习打下基础。

　　笔触的表现也很重要。没有笔触变化，画面会显得呆板不生动，质感表现就不准确。没有深浅、强弱、虚实的画面就会缺少空间。过于客观、冷漠地照搬对象，对物象各部位不加分析地仔细描写，会失去画面最主要和精彩的部分，流于繁琐。这是绘画和设计创作应该避免的。（图2-37）

第六节　空间感

　　空间感是指在手绘效果图的表现中根据透视学原理，利用线条、明暗、形体结构的变化，表现出具有一定深度感、层次感的画面效果。另外，利用构图或艺术处理手段形成对比来加强画面空间效果也是常用的表现方式。

　　秩序感是建筑语汇里对于美感的描述词语之一，而这种秩序感恰恰在现代的大型建筑中得到体现。单一构件的复制，借助透视突出了纵深方向的透视效果，并形成了极具视觉冲击力的空间感受。（图2-38）

　　在图2-39中极端繁琐的线脚和几何形体的组合构成了阿拉伯装饰风格的天花板，因此也成为画面表现的重点。画面左下角，由于透视缘故，拱券形成由大到小的缩放效果，一

图2-38　警察学院　作者：李·邓尼特，A．I．A

图2-39 共享大厅 作者：盖瑞·艾瑞士

致通向建筑的尽端。

在图2-40中，作者采用灵动的线条和笔触，绘制出了一张共享大厅的全貌，又利用透明介质——玻璃成功地划分了室内与室外两个的空间。为了加以区分，室外的景致有意减弱对比度和色彩的饱和度，强调了空间进深感。

图2-41的大厅中，人物的尺度十分渺小，与垂直支撑结构的巨型柱子的体量感形成鲜明对比。远景处强调了阳光照射的效果，减弱色彩和明度对比，强化了大气效果。

图2-42有了准确的结构和线条作为支撑，只需略施淡彩，画面依然可以达到结实完整的效果。

图2-40 华沙吉玛行政办公大楼设计 作者：达德利·佛莱明

图2-41 紫水晶中心 作者：KPF事务所

图2-42 紫水晶中心 作者：KPF事务所

第三章　淡彩和马克笔表现的方法和步骤

　　采用淡彩表现是绘画和设计效果图常用的表现方法。用淡彩表现对象形态时，以线条勾画为主，并辅以清淡、透明的色彩。这种表现方法具有轮廓清晰、结构交代明确、刻画细腻、能反映对象的基本色彩效果等特点。淡彩表现特点是作画快，技巧难度低，适用于绘制设计草图。根据使用工具的不同，可分为铅笔淡彩、钢笔淡彩和色笔淡彩等不同淡彩形式。

　　马克笔的表现和淡彩的表现步骤近似，也是先以线条勾画形体，而后配以马克笔着色。不同之处在于，马克笔的笔触宽度有限，不适于表达大面积的色块，因此，常用于强调物体的转折位置，并借助马克笔的特殊笔触，表现物体的质感。下面我们针对不同的技法分别加以讲解。

第一节　马克笔表现的方法和步骤

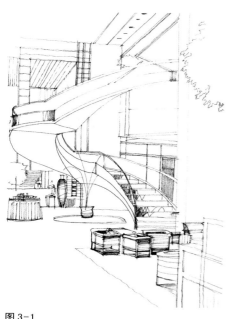

图 3-1

共享大厅设计　作者：孙悦

　　步骤一：利用线条确定所要表达的物体透视及空间关系，特别是主线的位置。把握好用线的轻重、虚实的变化。刻画形体内容，适当交代出物体的转折处，可加入少量的色彩，但依然将重点着眼于建筑的形体和外轮廓，并利用线条表现出主次关系。（图3-1）

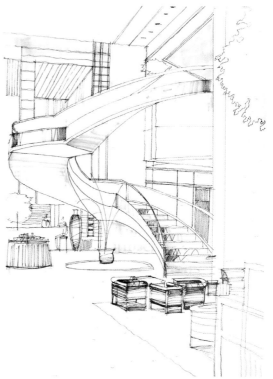

图 3-2

　　步骤二：待线稿完成，选用马克笔涂色。初步上色不宜采用过重的色彩和笔触，可选取淡灰色和一些倾向于灰色的马克笔颜色，主要借助明暗交代物体的体块关系。（图3-2）

步骤三：深入刻画阶段可利用淡彩交代物体的固有色，并区分不同的质感，通过对细节的刻画表现空间的关系，虚实结合，松紧有度。（图3-3）

图 3-3

图 3-4

步骤四：完成阶段。在这一阶段，会发现由于深入细节的刻画，往往会使原先比较完整的画面大关系损失掉，这时需要重新调整。从整体出发，对于中景的楼梯部分加强刻画，无论是黑白灰的关系，还是线条的组织，都要相应的增加。利用地面的黑色衬托楼梯的洁白、植物的深绿色及红色的地毯，但是对于远景和近景则要减弱。有些画过的局部还可用淡彩轻轻罩染，减弱物体之间的彩色对比，使画面既有调动视觉兴奋的精彩之处，又能找到放松和透气的部分。（图3-4）

图 3-5

图 3-6

第二节　淡彩表现的方法和步骤

一、服装专卖店橱窗设计 作者：孙悦

步骤一：利用针管笔表现服饰专卖店的主入口，把展示橱窗的位置交代清楚，并利用最简洁的线条概括橱窗内的模特和展品。不要忽视起稿阶段的工作，精心布局只会使后面的深入阶段更加顺利，因此，有必要深入地表现室内的展品细节，利用线条组织画面的黑白灰关系，并注意对节奏的把握。如对入口两侧的墙面不要着过多的笔墨，保留为画面中"白"的部分，密集的线条则构成画面中"灰"的部分。（图3-5）

步骤二：进一步细化表现内容，利用单色，交代物体的阴影，深色的马克笔笔触形成了画面中"黑"的部分。（图3-6）

图 3-7

步骤三：选用彩色铅笔施以淡色，表现画面整体色彩关系。强调服饰专卖店的特性，特别是流行服饰，色彩艳丽丰富。彩铅的优势在于可以反复叠加，色彩清淡柔和，不至于对比过强，也利于对画面整体感的把握。（图3-7）

图 3-8

步骤四：完成阶段。始终注意整体感，商业性的空间不同于法院、医院等公共建筑，需要具备一定的动感和活力，这就需要画面具有一定的手绘和草图的随意味道，因此收尾工作也要注意，切忌丢失最初的放松和流畅的线条，保持一气呵成的效果。（图3-8）

图 3-9

图 3-10

二、超市内景的表现 作者：崔菁菁

步骤一：用铅笔起稿。把每一部分结构都表现到位。细小部分可大概勾画出形体。用单色勾线描绘，分清楚重点表现部分，从这一部分着手刻画。（图3-9）

步骤二:着大色调。拉伸空间，虚化远景及其他部分。把握总体颜色，考虑局部色彩对比。进一步调整画面的线和面，塑造立体感。（图3-10）

步骤三：深入刻画。注意整体笔触的运用和细部笔触的变化。着重表现物体的质感、光影，由浅到深，注意虚实变化。（图3-11）

图3-11

图3-12

步骤四：整体调整。细致入微地描绘形体，做最后的收尾工作。（图3-12）

图 3-13

三、服装专卖店店面设计 作者：孙悦

步骤一：用针管笔表现服装店展示的室内空间以及陈列的模特，虽然店面设计是属于建筑的外立面设计，但是由于室内外的过渡空间是玻璃，室内完全暴露，因此，室内的空间依然是表现的重点。利用线条表现物体的明暗关系，明确物体的形体关系，并大致交代出植物、外墙立面、收银台楼梯等细节，使画面饱满。（图 3-13）

步骤二：用马克笔铺设画面中的主色调，这种木本色属于中性色，因此不会对后面的色彩选择造成过多的限制。（图 3-14）

步骤三：室内以暖色系为主，用彩铅配合马克笔，表现室内的柔和光线，并利用色彩区分物体的质感和固有色。（图 3-15）

步骤四：完成阶段。调整画面的大关系，建筑的外墙是描绘的非重点部分，但也要具有空间感，因此用简略的线条表现墙面。选择与室内色彩对比的普蓝色表现夜景，突出室内灯光的明亮。（图 3-16）

图 3-14

图 3-15

图 3-16

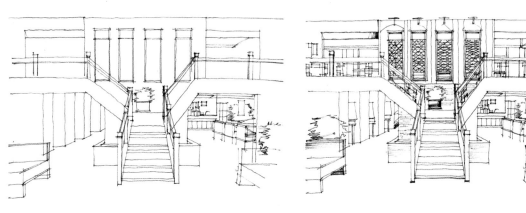

图 3-17   图 3-18

四、餐厅设计 作者：孙悦

步骤一：该设计图为餐厅的室内表现图，楼梯处在画面的正中间，用单线勾画出画面的大骨架，确定画面中的一点透视关系。（图 3-17）

步骤二：进行深入刻画，将空间内部的细节交代明确。在这一部分可以利用线条的疏密，组织画面的黑白灰关系，将构图中心的楼梯，以及装饰物和楼梯的栏杆详细刻画。（图 3-18）

步骤三：用马克笔概括画面中的大的黑白灰色块，将进深较远的天花板以及地面上的楼梯，墙面座椅家具的投影用深色马克笔交代清楚，确定画面中的大的体块关系。并且有意区分画面中的虚实关系，强化近景和远景的空间进深效果。（图 3-19）

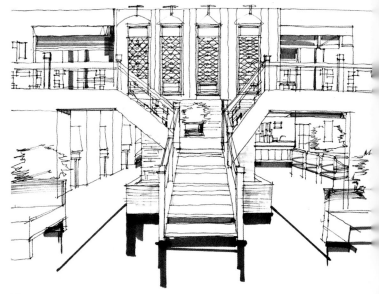

图 3-19

步骤四：用彩铅和马克笔淡淡地为画面中的物体着色，这张画是以暖色为主色调，红色和棕色占据较大的比例，但要有所控制，避免过"火"的现象产生，因此着色要慎重，利用墙面的灰色控制冷暖色的对比。（图3-20）

图3-20

图3-21

步骤五：完成阶段的画面色彩丰富，有意避免楼梯过于呆板的重复，利用纵向的笔触打破横向线条，墙面和灯光都为暖色，需要利用绿色的植物和蓝色的陈列品去除画面中的"火气"。楼梯的色彩是用马克笔绘制，而远处的空间用彩铅的柔和色彩与近景的艳丽色彩加以区分。（图3-21）

第四章　商业环境内容的表现技巧

　　强调以视觉传达的手段进行商业环境设计，是商业环境设计中的一个重要组成部分。通过具体人物形象的设计和表现，会使商业环境对人们的视觉起到相应的刺激，从而沟通人与环境的联系，人与商品的联系，并通过该环境的视觉传达，促进其环境中人与人的积极沟通，人与商品的有效沟通。视觉设计还起到指示、引导人们对商业环境认识的作用。商业环境视觉设计将区域环境与其中的建筑作有机连接，使商业环境的结构变得流畅有序，具有内在活力。商业环境的设计应使环境具有尽量多的审美情趣和生活意境，塑造出商业环境的地域特色和商品的文化品位。应在商业环境的空间中，以丰富多彩的视觉传达形式，把具有生活性、艺术性和商业性的独特而丰富的信息，传达给在该环境中的人们。

第一节　人物的表现

　　在手绘效果图中加入各种不同年龄、性别、动态的人物，会起到增加手绘效果图画面气氛，显示正确的景物比例关系和空间关系的作用。

　　在手绘效果图中加人物时，先要注意人物的大小比例与表现的商业空间比例关系协调的问题。其次，对人物（人群）疏密的安排，黑白灰的使用和对色彩的选择，也是直接影响商业环境手绘效果图表现是否生动、准确的重要因素之一。

　　对于人物的画法，既可以生动写实，也可以寥寥几笔勾勒出人物的动态，这取决于画面的需要。通常，长时间表现的效果图，画面深入真实，细节刻画细致入微，往往与之搭配的人物也要相对具象，与画面的稳重效果相匹配。（图4-1、图4-2）

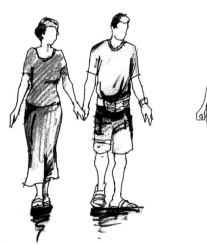

图4-1　人物草图表现　作者：乔雨林　　　　　　图4-2　人物草图表现　作者：孙悦

图4-3 人物草图表现 作者：乔雨林

相反，对于快速表现，画面要注重随意的感觉，因此，人物的刻画也要放松简洁，只需概括出大的形体和动态即可。（图4-3）

图4-4 三宝麟大厦 作者：约翰逊波特曼事务所

图4-5 表演艺术中心设计 作者：托马斯·沙勒A.I.A

画面中作者减弱了物体的细节表现，利用彩铅表现画面中的阴影关系，营造了光感极强的逆光效果。人物的刻画虽然简略，但动态强烈，各个人物之间的虚实关系明确。（图4-4）

这是一张长时间作业的表现图，表现的是一个尺度巨大的室内大厅，因为场景描绘得十分具体，因此人物的刻画也要相对详实。（图4-5）

第二节　展柜的表现

展柜是陈列商品的柜子。展柜的造型有高低、大小之分，有方、圆、扁平等造型。根据商业展示内容的需要，展柜可放置地面、墙面或室外。在沿袭传统的、以封闭空间保护展品的功能基础上，展柜还可与展台、展架、灯箱等互相组合，形成封闭或半封闭的空间。此外，材质也有区别，根据商品陈列需要和方便售货员为顾客挑选商品，让顾客更清楚地观看商品，展柜的材质一般采用透明材料做空间围合的造型，也有木质、塑料、金属、镜面或多种材质混合制作而成的。展柜照明有时借用营业厅的室内灯光，有的配置专用灯光。随着商业展示的发展，运用灯光照明的效果来传达设计师和展览者的个性与风格特点，体现当代的时尚。（图4-6至图4-9）

图4-6　展柜表现　作者：王富瑞

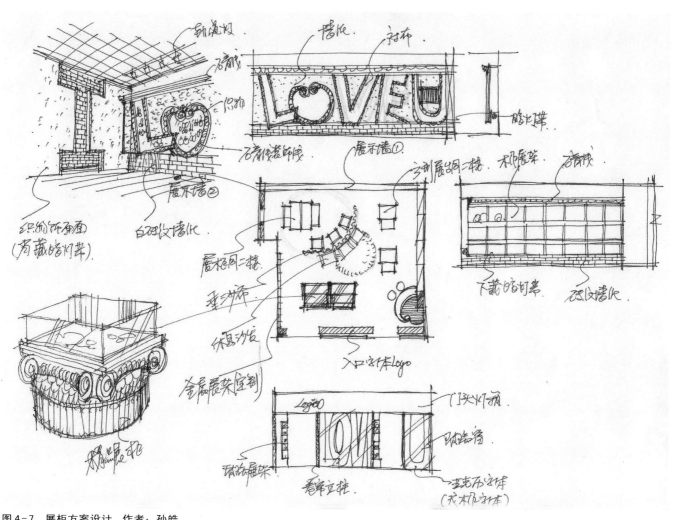

图4-7　展柜方案设计　作者：孙皓

2-①

2-②

图4-8 展柜方案设计 作者：孙皓

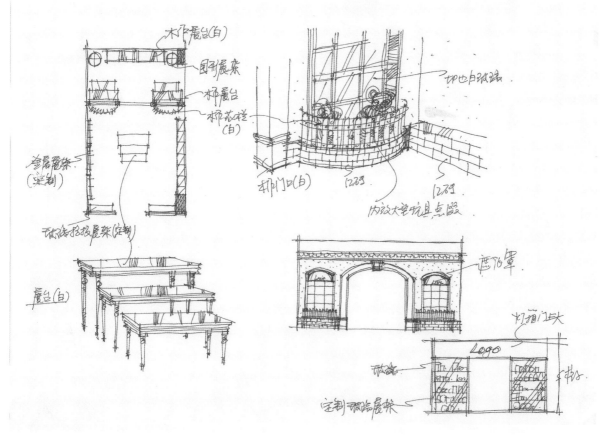

图 4-9　展柜方案设计　作者：孙皓

第三节　桌椅的表现

在商业环境中，桌椅是休闲、娱乐环境的重要组成部分，历来为商家所重视。在手绘效果图中表现桌椅，要考虑其功能、造型、材质和色彩是否与该商业环境相一致，在表现方法上有多种形式。（图4-10至图4-12）

图 4-10　桌椅表现　作者：王富瑞

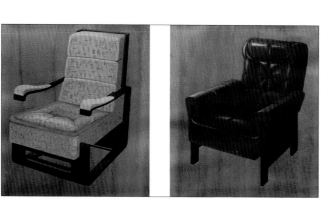

图 4-11　桌椅表现　作者：王富瑞

图 4-12　桌椅表现　作者：王富瑞

第四节　其他商品的表现

在手绘商业环境效果图表现中，不仅只描绘商业环境这一课题，商品也是一个关键环节。商品的材料不同，造型千姿百态，功能多种多样，因此表现商品时所采取的手法应各有不同。（图4-13）

图4-13　商品表现图　作者：王富瑞　乔雨林

第五节　植物的表现

　　特别是在人们崇尚自然和绿色生活的今天,植物是手绘商业环境效果图表现的重要内容之一。在手绘商业环境效果图中加入花草树木能起到平衡和增强画面气氛、突出主体的作用。由于客观环境的要求,选择不同品种的花草树木来表现是必须考虑的问题。对不同的花草树木采用不同的表现方法,也是直接影响手绘效果图表现是否生动、准确的重要因素之一。对于植物的刻画,初学者常常不知从何处下手,其实大可不必被眼前凌乱的枝叶所迷惑,只需记住再繁琐的植物形象也可被归纳成为球体,有整体的受光和背光。在刻画植物的枝叶时注重前后的虚实关系,近处的叶片要深入刻画,甚至需要表现叶筋纹理,而远处可一带而过,利用冷灰色画出叶片轮廓即可。(图4-14至图4-16)

图4-14　植物表现图　作者:孙悦

图4-15　植物表现图　作者:乔雨林

图4-16　植物表现图　作者:乔雨林

第六节　展台的表现

　　放置商品的台面常称之为展台，其主要功能是衬托和突出商品，调节顾客与商品间的视距，并营造商品本身独立的展示空间。展台的应用十分广泛，甚至可将整个展区的地面做成展台。展台有大小、高低不同，一般不超过顾客的视平线。在当代商业展示中，还有透明、发光和旋转等各种形态的展台。展台的空间形态属于开放式空间，便于顾客与商品直接交流、接触。对于较为珍贵的商品，为了让顾客与其保持一定的安全距离，也利用展台将顾客限定在一定的距离之外。有时我们会将展台的造型处理为凹凸不平，创造出新颖的地面空间陈列效果。还可使用钢化玻璃辅以灯光，将地面展台做成通体透明，使其视觉效果非同凡响。（图4-17、图4-18）

图4-17　服装展台设计　作者：孙悦

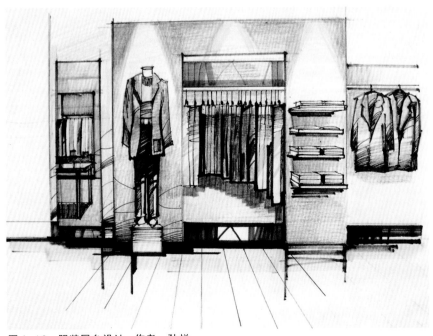

图4-18　服装展台设计　作者：孙悦

第五章　中外优秀作品赏析

第一节　商场店堂

蓝灰色的色调,清新淡雅,表现了现当代建筑中由于暴露建筑结构所形成的特殊美感。商业广告牌突出了商业空间的主题,利用一点透视表现了狭长的空间,具有强烈的视觉效果。(图5-1)

图 5-1　商业空间表现　作者:崔菁菁

画面中的楼梯打破了画面水平和垂直的平面组成的平稳效果，淡雅的灰色墙面，突出了商业空间的暖色灯光的绚丽。（图5-2）

图5-2　商业空间表现　作者：崔菁菁

图5-3　商业空间表现　作者：崔菁菁

图5-3为商店的共享空间，四个挺立的科林斯柱式支撑了整个画面。整张画面都采用单线表现，利用线条的组织表达画面的虚实关系，立面的装饰丰富，各种几何形体以及线脚相互交织在一起，线条的密集效果构成了画面的灰面。作者在组织画面过程中，有意将柱式和拱门以及天花板做了留白处理，使画面松紧有度。

图5-4　商业空间表现　作者：崔菁菁

这幅作品的视角比较独特，选择在商业共享空间的中部，两侧楼梯之间，既可仰视观望天花板的彩绘，又可以俯视大厅的人群。三点透视的透视方法又夸张了这一视角的空间感受。（图5-4）

图 5-5　斯科茨代尔商场　作者：芭芭拉·沃斯·拉特纳，A.I.A

图 5-5 中的人物形象生动，色彩绚丽丰富，与商业空间的主题紧紧呼应，利用水彩工具的特性，将画面表现得轻快活泼。

图 5-6　中兴城　作者：约翰逊波特曼事务所

纵横交织的空中连廊使画面极具动感。远景的建筑是画面的光源所在，大面积的空间处于逆光角度，作者利用紫灰色与受光面形成对比，并借助人物作为参考强调了室内空间的巨大尺度。（图 5-6）

第二节　店面

　　店面的形象虽然是室外空间，但是其装饰风格和色彩都与室内的展品主题相关，好的装饰往往会直接影响顾客对商品形象的心理感受，因此不容忽视。在现实生活中，很多优秀品牌的店面装饰也是风格各异，创意独特。下面我们收集了一些实际工程和一些优秀的店面设计方案以供参考。

　　该作品为SODA品牌时装店设计。画面的暖棕色为该品牌的主题色彩。透过橱窗可以看到展示的品牌时装和招贴。店内放置的小型植物，丰富了画面的色彩。将表现的主体店面形象置于城市商业环境之中，更增添了该品牌时装的高雅和富贵。（图5-7）

图5-7　SODA品牌时装店设计　作者：乔雨林

　　这幅作品采用黑色炭笔为表现工具，利用一点透视的方法，表现了一个狭长的商业休闲空间。灵活自如的线条相互交错，人物形象表现简洁、概括生动。（图5-8）

图5-8　左仕购物中心休闲区草图　作者：孙悦

图5-9 儿童服装专卖店设计 作者：乔雨林

在有限的设计空间里，作者巧妙利用玩具汽车的卡通背景造型和明亮、简洁的带有曲线的色彩对比，力求体现出一种具有童趣的简洁、活泼的氛围。(图5-9)

该作品为咖啡厅的橱窗设计。画面中遮阳罩的咖啡色与店面的主题色彩相呼应。透过橱窗可以看到展示的餐具。道边护栏上放置的小型植物丰富了画面色彩。远处的街景也被选入画面之中，将表现的主体店面形象置于城市环境之中，更增添了画面的情趣。(图5-10)

图5-10 咖啡厅橱窗设计 作者：孙悦

图 5-11　专卖店外立面设计　作者：孙悦

　　简洁的体块关系，没有太多的装饰。作者力求虚化处理商店的外立面，而透过对室内的模特和细节刻画，使内部空间成为画面的重点和聚焦点。（图 5-11）

图 5-12　旅店入口设计　作者：孙悦

　　这幅作品是旅店入口处的设计，中心对称的构图，横向三段式的分割，借助一点透视的方法使垂直于画面的透视线交点交于主入口的大门之上，门口上部的雨篷利用矩形几何形体的重复组合强化进深效果。暖红色的灯光由门口射出，与墙面的蓝紫色形成对比。（图 5-12）

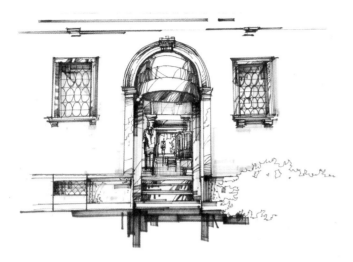

图 5-13 高档服饰专卖店 作者：孙悦

图 5-14 店面设计 作者：孙皓

古典的拱门是画面的重点，透过门口可以看到室内的布局，人物和摆设均加以交代。整体设计理念力图突出商店店面带给我们的亲切感受，当顾客经过大门仿佛有种回到住所的感觉。门口的两侧有两扇对称的开窗，为了避免画面完全对称，作者在画面的右下角配以植物，并只用单线勾画形体，使画面的边缘线虚实结合。（图 5-13）

这是一张商店店面的方案设计草图，虽然线条简练，但是尺度感准确，设计意图表达明确，借助英文符号作为墙面的构成元素，形象活泼生动。（图 5-14）

图 5-15 商店店面设计 作者：杜金萍

图 5-16 餐厅店面设计 作者：宋萍

画面色彩清淡，红黑色的汽车起到了点缀画面色彩的作用，与此同时还要注意人物、汽车以及配景在空间中的比例关系，并用简洁概括的线条，生动形象地表现它们。（图 5-15）

作者的技法熟练，画面色彩关系协调，黑白灰对比强烈，尤为突出的是对于光滑材质如钢材和玻璃的表现，注重反光和高光的刻画，用笔干净利落。因为不肯定的线条和笔触会在画面中留下痕迹，而这些痕迹通常会比精彩的细节刻画更引人注目。（图 5-16）

图5-17 德国德累斯顿古建筑翻新设计 作者：泽尔格·班超

作者仅仅利用几根流畅的线条和清淡的色彩就向我们展示了在强烈阳光照耀下的商业街形象。远景的刻画更为简略，利用线条的虚实对比表现出了建筑的光影效果。树木配景的表现洗练概括，方法近似于平涂，利用色彩的沉淀和浓淡变化表现体积感。（图5-17）

图5-18 WAY方案 作者：丸井邦彦

建筑的色彩偏暖，选用淡彩表现手法，利用颜料的流动表现天空和云彩之间的过渡，树木的受光面作留白处理，同时也表现了与建筑的空间距离。（图5-18）

图5-19 船长服装店 作者：丹青社

淡彩颜料十分适合表现石材和玻璃质感，利用水分做褪晕效果表现物体表面细微的色彩渐变，待颜料干后再提出反光和倒影。（图5-19）

图 5-20　寇斯匹欧商场　作者：打越长武

　　画面的底色为偏暖的黄灰色，对于要突出的建筑主体，利用明度和背景与次要表现的物体加以区分。场景中的人物数量多且形态各异，但是作者的处理简洁概括，无琐碎之感。（图 5-20）

图 5-21　智慧者公司大厦　作者：鹿岛建设建筑设计本部

　　这幅作品是表现高层建筑之间的商业街道，仰视的视角可以突出建筑的体量，光洁的建筑立面清晰地反射天空的色彩和云层的形象。由于空气的介入，使建筑的上半部逐渐消失在空中。（图 5-21）

第三节　商业休闲区案例

图 5-22　尼罗河中心　作者：约翰逊波特曼事务所

　　这幅作品表现了一个半室外的空间。画面中的物体刻画详实具体，利用水粉材料可以反复叠加使画面的效果厚重，层次丰富。对于画面的边角处理，显示出作者的主观处理技法和对画面的控制能力，通过绘画的笔触和运笔的轨迹，使画面艺术感十足。（图 5-22 ）

图 5-23　商场休闲空间　作者：孙悦

　　画面中的透视较大，在左侧三分之一处利用植物打断了水平方向线条的单一感。远景的商店室内空间的展品丰富，线条琐碎，因此作者在表现近景的沙发和茶几则仅仅概括了其大致的体块关系和明暗转折，利用色彩之间的对比表现空间感。（图 5-23 ）

图5-24 酒店休闲区 作者：孙悦

　　室内的背景采用暖色系，整个空间温馨舒适。左侧的吧台没有深入刻画，只是简单着色，点到为止；空间尽端的绿色植物先铺上淡淡的底色交代出大致的形体，待干后点缀几笔重色作为枝叶的细节表现。（图5-24）

图5-25 会所休闲区 作者：孙悦

　　这幅作品表现的是酒店内的休闲场所，室内与室外通过这里加以过渡，装饰风格具有东南亚艺术特色。在深红色的硬木和藤条编织的花盆和沙发中，以白色的靠垫和绿色的植物加以点缀，使色彩丰富多变。（图5-25）

这是一张商店休闲区的表现图。这种空间较为复杂，由于各种功能在此处交织，使画面中的墙体不同于对称的办公建筑，各个店面之间也没有完全对应的水平和垂直布局。餐饮空间和服装店面色彩绚丽，点线面组合丰富。作者在近景采用留白的手法，使画面能够找到透气之处。近处的地面也没有过多刻画，突出远景各个空间复杂的组合形式。（图5-26）

图 5-26　商场休闲空间　作者：孙悦

第四节　宾馆、酒店案例

在钢笔淡彩中，钢笔线条的表现是非常重要的内容，因此在起稿阶段要注重线条的准确性。

图5-27表现了宾馆室内的休息空间。洛可可式的装饰风格、弧形的屋顶、豪华的吊灯使室内充满了丰富的形体和线条，作者在这幅画面之中也力图使用极具动感的笔触表现这种豪华的空间。为了突出空间内部的家具和装饰的形体，作者减弱色彩之间的变化，而注重强调黑白灰之间的关系。

图 5-27　宾馆休息空间　作者：孙悦

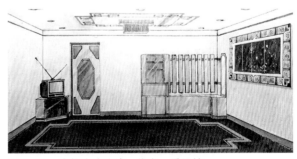

图 5-28　套间室内方案　作者：乔雨林

粗糙的地毯和壁画的表面明显区别于木材的光洁表面，这时可利用强调材质自身肌理效果的方式丰富画面。（图5-28）

图5-29 酒店休息空间 作者：孙悦

图5-30 Plaza 酒店 作者：高桥宏幸

这幅效果图表现了酒店的休息空间。画面利用淡淡的黄色和褐色渲染出黄昏时分的气氛，夕阳透过门窗洒落在屋内的地毯上，室内空无一人，墙面上的装饰线静静地排列着，而所有的一切都被异域风格十足的弧形门包括在内，线条色彩之间透露着淡淡的忧郁。（图5-29）

画面中的建筑结构的巨大尺度，以及因为透视形成的具有韵律和节奏感的视觉效果，使人过目不忘。（图5-30）

图5-31 香港新鸿基中心 作者：迈克尔·塞拉诺

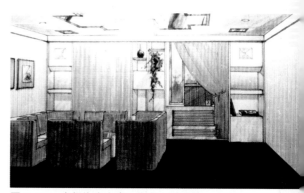

图5-32 套间室内方案 作者：乔雨林

此空间并不丰富，但是人物的刻画却为画面增添了不少的情趣，使画面活泼且具有动感。（图5-31）

在起稿阶段完成后，再淡淡的着色，尽量保持钢笔线的完整和画面的透明效果。而减少反复修改的次数不失为明智的选择。（图5-32）

图5-33 旅店大厅 作者：孙悦

　　在这张表现图中力求表现一种纯净的美感，没用弧线的装饰，没有繁杂的色彩，只剩下朴素的直线和光影的变化，画面效果宁静沉稳。（图5-33）

图5-34 酒店接待大厅 作者：孙悦

　　为了突出画面布局的灵活性，作者选用两点透视的角度，画面中的笔触明确利落，特别是对物体阴影的刻画。为了取得干净轻松的效果，作者有意减弱色彩之间的变化，用黑色统一画面，并暴露出笔触的轨迹，简练地概括出酒店的接待大厅。（图5-34）

图5-35　宾馆酒吧设计　作者：孙悦

　　画面的尽端是酒吧的吧台，酒瓶与酒柜的线条交错密集；中景是摆放整齐的沙发。作者在近景的处理上简化了物体的刻画，门有意留白，打破画面中的紧张节奏，使画面的虚实关系明确。（图5-35）

图5-36　酒店大堂设计　作者：孙悦

　　在酒店大堂中，四个被大理石装饰的柱子打破了横向的空间，中轴对称的布局强化了画面的庄重之感，巨大的吊灯照耀下使大厅明亮辉煌。（图5-36）

图5-37 圆形大厅 作者：孙悦

通过钢笔线条表现物体的形体，并借助马克笔表现暗面，独特的视角使画面充满趣味。从屋顶到墙面再到地面，线条的组织分别是"疏—密—疏"的关系，借助线条的疏密组织表现了空间的虚实关系。（图5-37）

图5-38 酒店大堂设计 作者：孙悦

地面的弧形线条和二层跃层平台的弧线相互对应，室内的色彩温暖，天花的装饰复杂，中式的吊灯和木质灯箱线条层次丰富，此时，作者有意减弱地面的大理石拼花图案，只绘画出支撑柱子的倒影。为了表现空间感，远景的柱子对材质光影都加以表达，而近景的柱子忽略柱子自身的变化，利用背景的色彩和线条留出柱子的轮廓。（图5-38）

图5-39 宾馆餐厅设计 作者：郭雅南

作者夸张了室内的透视关系，使画面呈现出一种广角镜头的效果，画面的中心被有意放大，原本水平和垂直的线条也产生弧度，借助夸大的透视关系强调画面的重点。（图5-39）

图5-40 新加坡市区重建局 作者：Parce SOM设计事务所

　　画面中作者利用结构柱垂直分隔画面，并削弱对室内走廊的刻画，使画面中的节奏明确，趣味和装饰效果极强。（图5-40）

图5-42 大宫赌场设计 作者：克瑞斯托佛·葛拉伯斯

　　当画面陈设较多，容易出现杂乱时，这时要遵循近实远虚、分清主次的原则，使画面繁而不乱。特别是要对远景的细节进行高度概括，减少对画面的影响。（图5-42）

图5-41 大宫赌场设计 作者：克瑞斯托佛·葛拉伯斯

　　彩铅本身就具有模糊和不确定性，利用这一特点恰恰可以表现室内吊灯照耀下的室内空间的柔和温暖。（图5-41）

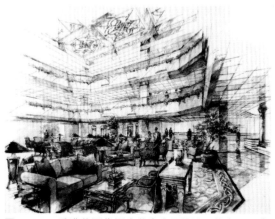

图5-43 香港美丽华酒店共享大厅设计 作者：迈克尔·塞拉诺

　　天顶照耀下的大堂空间，更加凸显场景的宏大，二层以上的空间，为了突出空气感而减弱色彩之间的对比使进深更为深远。（图5-43）

第五节 餐饮空间案例

　　餐饮空间是商业室内空间的重要部分，随着时代的发展，材料的更新，餐饮空间的设计形式也不断出新，这既说明人们审美能力的提高，也说明了现代人对良好舒适的用餐环境的迫切需求。

图5-44　咖啡厅柜台设计　作者：孙悦

　　咖啡厅的色彩选用激烈的红色，并以黑色降低画面的火气，从而也呼应了室内的装饰风格。作者加大画面中黑白灰的对比关系，强调笔触的迅速和动势。（图5-44）

图5-45　餐厅表现图　作者：孙悦

　　"S"形的弧形墙面使画面具有流动的效果，墙面的灯光增加室内的色彩，并使墙面的层次和轮廓更加清晰。在桌布的蓝色中加入绿色的成分，使之呈现出倾向于湖蓝的色彩，与画面的暖色相协调。（图5-45）

图 5-46　餐厅设计　作者：孙悦

画面光线柔和，色调统一。视角选择在错层的楼梯部分，仿佛是伴随着餐厅顾客的视线观览室内的布局，墙面的横向装饰画色彩丰富柔和，整体的氛围温馨舒适。（图 5-46）

图 5-47　餐厅设计　作者：孙悦

这张画面中的透视关系比较复杂，原本呈现的两点透视被斜向的楼梯打破，而餐桌的位置也并没有沿墙布局，而像是随意摆置。对于这种非常规的室内布局，需要利用起稿阶段的透视线归纳物体的形体，使所有物体都有参考线作依照，再由简到繁地深入刻画物体的细节。（图 5-47）

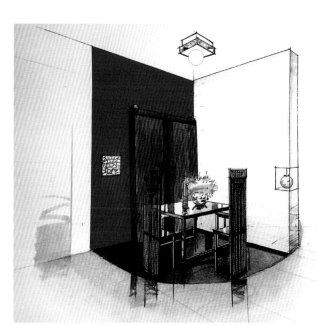

图 5-48　休闲一隅　作者：孙悦

简洁的布局、红色的墙面、陈旧的木门、漆黑的地面和高挑的椅子表现了具有古典丰韵的现代用餐空间。不论墙面的小型冰裂纹装饰，还是天顶的灯饰都使我们体会到现代家具与古典符号撞击所带来的奇妙感受。（图 5-48）

图 5-49 酒吧设计 作者：孙悦

　　空间的色调统一概括，木材的质感本身就带给我们以温暖舒适的感受，再加上具有现代感的吧台设计和随意放置的桌椅，使人感觉轻松活泼。（图5-49）

图 5-50 餐厅设计 作者：孙悦

　　室内的空间虽然使用了大面积的红色，但是皆属于冷色系，只有近景的餐桌使用了暖色丰富画面。图中的线条灵动放松，天花板、地面利用淡彩铺上紫灰色和淡蓝色，并配以淡黄的灯光渲染室内气氛。（图 5-50）

图 5-51　酒吧设计　作者：孙悦

　　这幅作品表现的是一间酒吧的室内空间。作者选用冷灰色的石材作为地面铺装，室内其他的大部分色彩是暖色，配以绿色的植物，植物本身利用明度和纯度表达了空间的进深。画面四周有意减弱边缘线的边界，使画面具有虚实变化。（图5-51）

　　画面中作者有意避免中轴对称的布局，两侧的盆景画法简略，而将重点用于表现背景的屏风形象和天花吊顶的装饰，并减弱地板描绘，与天顶的处理形成对比。（图5-52）

图 5-52　餐厅主入口设计　作者：孙悦

图 5-53 Royal 萨特阿拉伯王国大使馆设计 作者：MICHAEL MCCANN 有限公司

画面色调为统一的暖色系。运用薄画法，家具和墙面线脚的曲线表现尊贵身份。（图 5-53）

图 5-54 友渔坊 作者：迈克尔·塞拉诺

作者利用补色对比关系强化画面的视觉效果，笔触随意轻快，加之天花板和吧台的流线效果，使画面极具动感和张力。（图 5-54）

图 5-55 布伦餐厅 作者：迈克尔·塞拉诺

画面的边缘线为原本简单的室内空间增添了跃动的节奏感，使画面张弛有度。（图 5-55）

画面中的地面表现十分成功，利用水彩干湿结合的技法，既表现了光滑表面的倒影，同时又生动地再现了大理石材质表面的纹理。（图5-56）

图5-56　东洋大酒店　作者：乃村工艺社

在画面中，作者对画面构成元素点、线、面的运用纯熟，与大面积的地面、天花板相对应的是一根根精致笔挺的线条，如椅子腿、吧台和餐桌下部的装饰线条以及地板结构线，最后为画面起到点睛作用的是衣着各异的人物和生动的植物枝叶，使画面简练并具有空间深度。（图5-57）

图5-57　酒吧　作者：西山日山世

在这幅作品中，作者一反常态地利用重色系表现原本明亮的天花板，而地面的颜色则以木本色铺陈，使人耳目一新。（图5-58）

图5-58　咖啡酒吧方案设计
作者：森圣一

图5-59 餐厅包间设计 作者：乔雨林

对于大平面，如画面中的护墙板，如果平均铺色往往会使画面的效果乏味，这时可以选择在平涂的基础上刻意塑造光影照射的效果，使大面积的"面"的元素分割成小的"面"和"线"，起到丰富画面的作用。（图5-59）

图5-60 餐厅设计 作者：山城设计

为了更加全面地表现餐桌之间的空间关系，作者将画面中的视平线提高。画面十分生动，特别是对人物的刻画，甚至连表情都刻画得详实生动。此外，对于喷笔的运用要注意，在绘制完毕后还要利用线条勾勒形体，否则画面会产生"软弱无力"的弊病。（图5-60）

图5-61 西西里餐厅 作者：西原由人

用有色纸表现效果图通常会使画面色调统一，但要注意对局部进行提亮处理，丰富画面的层次，起到强化黑白灰关系对比的作用。（图5-61）

第六节　专卖店案例

图5-62　服饰店效果表现图　作者：孙悦

图5-63　服饰专卖店设计　作者：孙悦

多种服饰和衣物样式的集中对画面的组织是个难题，对于这张画面，要尽力减弱修饰的线条和色彩变化，并注重画面中的透视规律。（图5-62）

室内空间的弧形楼梯构成了这间专卖店的最大特色。在效果表现图中，作者也有意强调楼梯的形象，利用梯段由大变小的节奏感强化透视感受，并减弱色彩对画面的干扰，突出形体自身的变化。（图5-63）

图5-64表达了现代的专卖店室内设计，作者通过水彩颜料表现入口处的大理石材质，服饰的色彩多为艳丽的颜色，因此需要主观对色彩进行归纳，使色调统一。

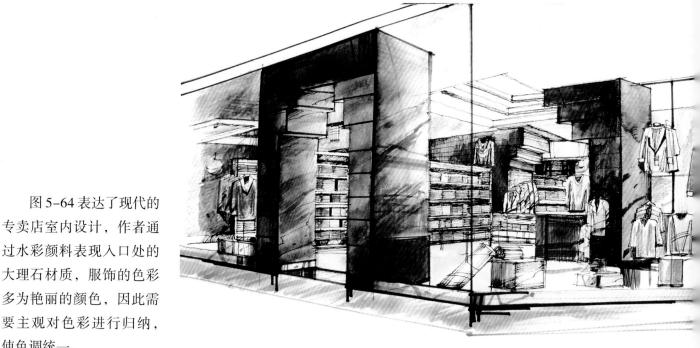

图5-64　服装专卖店设计　作者：孙悦

图5-65　服饰专卖店设计　作者：孙悦

　　作者利用一点透视表达了专卖店室内狭长的空间。这间专卖店并没有占用地面将展台处理成为中岛式的布局方式，而是沿墙面布局，展示方式灵活轻松。（图5-65）

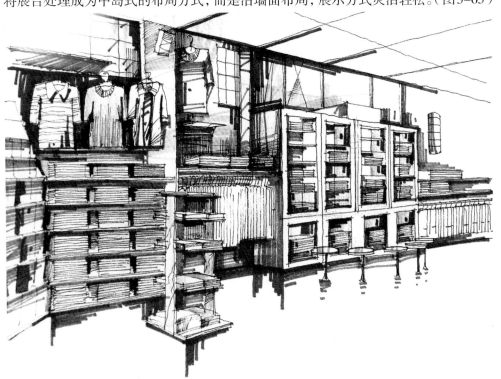

图5-66　牛仔服饰专卖店　作者：孙悦

　　牛仔服饰本身的色彩就如同标志一般阐述了专卖店的属性。这幅画面中，牛仔服饰被整齐地陈列在墙面的衣柜和展架之上。从屋顶射出的橘黄色灯光作为唯一的暖色，避免了画面出现色彩单一乏味的现象，使室内空间具有活力。（图5-66）

图5-67 女性皮包专卖店 作者：孙悦

　　这幅画面的色彩淡雅，作者选用粉红色和湖蓝色作为主色调，突出年轻女性活泼、轻快的特点。（图5-67）

图5-68 服饰专卖店 作者：孙悦

　　整张画面几乎都用彩铅铺色，利用彩铅的淡雅柔和表现色彩之间的过渡，而对于画面中心的陈列区，作者运用马克笔的浓艳色彩使画面重点突出。对模特和展品刻画详细，对观者的视觉产生引导的作用。（图5-68）

图5-69 购物中心 作者：乃村工艺社

　　淡彩画以透明水色和水彩为主要材料，局部可以运用白粉提亮，但是比例不可过大，并尽量减少覆盖的次数，因为过多的叠加会影响画面的透明效果。（图5-69）

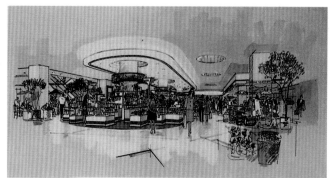

图5-70 购物中心 作者：乃村工艺社

　　以透视来营造深度感，并用以集中人们对画面的注意力，画面中心人物和其他配景也花费了大量笔墨，使画面重点明确。（图5-70）

图5-71　神谷绸缎商店　作者：高桥孝之

画面中的人物比例呈现出理想化，使画面更具装饰效果。（图5-71）

第七节　娱乐场所案例

淡蓝色和淡黄色的墙面与天花板被深红色的柱和梁加以分割，利用淡彩的透明性和淡彩沉淀的痕迹表现各种材质呈现的不同的肌理变化。（图5-72）

图5-72　图书馆休闲空间　作者：孙悦

图 5-73 KTV 包间设计　作者：孙悦

图 5-74　休闲室内空间　作者：朱作旺

　　浓艳的色彩和绚丽的灯光，以及豪华的软包装饰是 KTV 包间的特点。作者在这幅画面中，极力表现墙面的花式纹理和摆饰陈设，地面和沙发则相对做了简化处理。（图 5-73）

　　这幅作品的作者充分发挥了水粉颜料厚重细腻的特点，表现石材粗糙的、富于变化的表面肌理与布料柔软的表面等各种不同材料之间的感官上的对比。（图 5-74）

图 5-75　飞岛总部　作者：KPF 事务所

图 5-76　深圳嘉里中心　作者：Sermboon Kwancharoen

　　巨大空旷的室内空间在水平方向的结构线条的装饰下，并不显得乏味和无趣，反而衬托出高雅宁静的室内气氛。（图 5-75）

　　对于大理石柱子的表现方法，在交代圆柱体的体积感后，利用针管笔绘制出大理石的纹理，线条抖动放松，同样能够表现石材深浅不一的肌理效果。（图 5-76）

图5-77　劳埃德中心美食城　作者：达德利·佛莱明

人物的作用不仅起丰富画面和烘托气氛的作用，更重要的是利用人物当作比例尺衡量空间的尺度关系。（图5-77）

图5-78　新亚中心　作者：约翰逊波特曼事务所

图5-79　海湾商场　作者：芭芭拉·沃斯·拉特纳，A．I．A

作者在巨大开阔的室内空间中，选用较低的视角进行表现，使画面的视觉冲击力极强，并令人产生身临其境的感受。（图5-78）

人物的形象充满着画面，地面的色彩选用灰色系，使画面中的缤纷色彩之间彼此相互协调。天花板的刻画概括，顶部留白，起到透气的作用。（图5-79）

第八节 橱窗案例

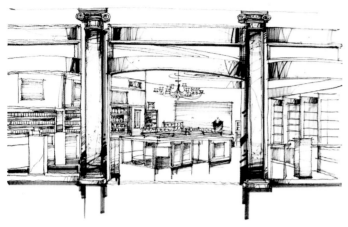

图5-80 化妆品专卖店橱窗设计 作者：孙悦

图5-81 服装专卖店橱窗设计 作者：孙悦

店面的橱窗被设计成古典风格，门口两侧对称的爱奥尼克柱式仿佛显示出顾客的尊贵。（图5-80）

古老的墙面被赋予轻快淡雅的群青色，两扇对应的拱形门洞透出温暖的橘黄色灯光，画面中利用色彩的冷暖对比，表现室内外两个空间的转换。（图5-81）

橱窗本身并没有太多的装饰，而以大面积的玻璃毫无保留地将室内的布局展现给过路的行人。利用大面积的玻璃分割室内外空间，尽量将室内展品的信息传递给顾客的方法也是近几年国内外很多品牌店面设计的流行趋势。（图5-82）

图5-82 服饰专卖店橱窗 作者：孙悦

图 5-83 标准套件展示橱窗 作者：孙悦

作者利用概括的线条和笔触，减弱室外空间和建筑形体的变化，并利用黑色的墙面和室内的布局形成图底关系，使室内空间布局突出。（图 5-83）

单一的色彩并没有影响展品的时尚风格，抖动跳跃的线条和丰富的块面组合配以干花作为装饰，使这间专卖店个性突出。（图 5-84）

图 5-84 服饰专卖店橱窗设计 作者：孙悦

图 5-85 深圳嘉里中心 作者：Sermboon Kwancharoen

画面中利用射灯形成的光影效果，将画面处理成为若干个几何形体组成的小的块面。线面组合形式丰富，效果独特新颖。（图 5-85）

图5-86 服饰专卖店橱窗设计 作者：孙悦

利用编制的球状装饰物点缀空间，为专卖店中服饰展品增添更多的活力。（图5-86）

图5-87 商场橱窗设计 作者：孙悦

这幅作品表现的是商场综合商业区的橱窗展示。这个空间的建筑形体丰富，体块之间的组合有趣灵活，室内外空间相互交错，画面中的弧线使构图充满张力。（图5-87）

图5-88 零售商业街设计 作者：理查德 C.贝尔，A.I.A

　　室内的空间狭长，线条和形体变化丰富，因此，对于倒影的刻画简练，只是简略地提出反光。天花顶部的光带起到增强画面对比度的作用。（图5-88）

图5-89 吉本大厦 作者：横田美香

图5-90 京都寺内钟表商店 作者：佚名

　　鲜艳的红色地毯在画面中起到了醒目的作用，避免了暖褐色色调容易产生的陈旧乏味的画面效果。（图5-89）

　　画面中玻璃质感表现得晶莹剔透，大理石反光强烈，灯光炫目，但画面四周暴露出潇洒的笔触，仿佛作品一气呵成，风格大胆奔放。（图5-90）

图 5-91 美容店 作者：四海隼一

该作品的构图十分巧妙，利用残破的墙面打破了画面的规整感，使单一笔直的线条富于变化，并与严谨的墙砖线条形成对比，大大增添了画面的情趣。（图 5-91）

图 5-92 东洋大酒店 作者：乃村工艺社

作品中街道地面的边缘被明确肯定的深色线条界定，避免由于透视缘故形成的垂直方向的上下对称简单的画面现象。（图 5-92）

第九节　展示空间案例

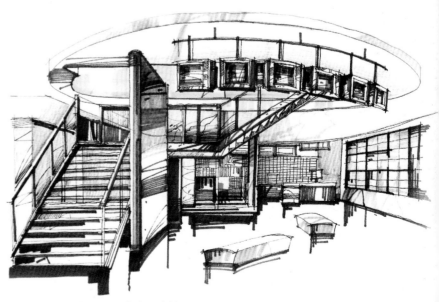

图 5-93 展示空间设计 作者：孙悦

展示空间中的楼梯、液晶显示屏和不锈钢板无不透露出现代重技派的形体美感。（图 5-93）

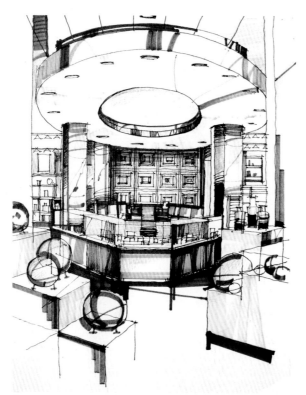

图 5-94 展示空间设计 作者：孙悦

图 5-95 咖啡展示柜台设计 作者：孙悦

屋顶的圆形灯饰在画面中占据很大的比例，各种装饰线条减弱了墙面和地面与天花板的转折界限，但是三维的空间却被夸张的形体透视所强化。（图 5-94）

展柜储藏隔断的大量重复性阵列本身就表达了画面的重点，再加以略带弧线的转折使视觉冲击力极强。（图 5-95）

楼梯本来是建筑垂直空间的交通连接部位，并不是展示空间，但是借助灯光和暴露的管道，伴随楼梯自身梯段的韵律效果，使得这个展示空间显得格外的与众不同。（图 5-96）

图 5-96 商场楼梯间过道服装展示空间 作者：孙悦

艳丽的粉红色调为我们界定了商店服务人群的性别特征，墙面的装饰物以及门窗的造型也都与装饰主题紧密联系。无论室内的"心"形座椅还是英文符号装饰的墙面，都表现了活泼绚丽的室内氛围，由于黑色天花板的介入，使这些彼此形成对比的色彩并没有产生太多的冲突，相反活跃了气氛。（图5-97）

图5-97　商店展示空间设计　作者：孙皓

图5-98　广岛美术馆　作者：日建设计（大阪分社）

在这张画面中，无论画面的构图，场景的布局，画面的虚实关系都使得人们的视线集中于中心的雕塑。这种中轴对称的构图方式通常用于表现庄重典雅的室内空间。（图5-98）

图5-99　拉亚广场　作者：SOM设计事务所

画面的绘画味道十足，形体放松，作者利用色块之间的对比减弱物体轮廓线条对形体的束缚，并借助对光影的描绘，记录强烈的光感。（图5-99）

画面中虚实关系明确，层次丰富，广告标语和气球都起着活跃气氛、突出展示空间特性的作用。（图5-100）

图5-100　格里斯伯勒酒店　作者：丹·哈蒙

图5-101　会议中心内部审计　作者：塞得·米德

作者巧妙地保留船身的洁白光洁效果，拉大画面中黑白灰的对比关系，使船体和周边的人物以及地面形成图底关系。周边环境起到衬托主体的作用。（图5-101）

图5-102 SA Land Master Plan　作者：理查德·基廷

画面左侧优美的弧线使得这个共享空间极具张力，并减弱室内直线造成的死板僵硬效果。（图5-102）

第十节 办公空间案例

图5-103 办公空间接待大厅 作者：孙悦

图5-104 共享空间 作者：张建刚

天花顶的玻璃灯箱打破单一的色彩，与画面中的绿色植物搭配点缀画面，起到协调画面冷暖关系的作用。（图5-103）

办公空间不同于其他商业性质的空间，色彩多为冷色系和中性色系，这与空间用途有直接关系，需要制造宁静平和的氛围。（图5-104）

这幅表现图向我们展现了阳光明媚的中庭空间，画面色彩明快，天空、绿色植物令画面渗透着自然的气息。（图5-105）

图5-105 明尼波利斯第一银行 作者：瑞尔 D·斯拉斯基

图 5-106　采光大厅设计　作者：THOMAS W. SCHALLER, A. I. A

作品的线条简洁，利用逆光效果强调画面的光感，突出空间形体的大气恢宏。（图5-106）

图 5-107　室内光线表现　作者：迈克尔·麦肯

这幅作品技法高超，对材质的表现生动写实，特别是大理石纹路的描绘细致入微，画面中夸张地表现光线的轮廓，使空间极具个性。此外，对于空间感的表现也是这幅作品的成功之处，色彩明度、纯度的控制都恰到好处，令画面具有很强的艺术感染力。（图5-107）

图 5-108　办公空间接待大厅　作者：孙悦

构思草图注重尺度的准确和对头脑中灵感的迅速捕捉。这幅作品仅用了20分钟完成，作者利用针管笔勾画轮廓，水彩铺色，表现了色彩淡雅朴素的办公空间。远景的紫罗兰色彩为画面起到提神点睛的作用，使人眼前一亮。（图5-108）

图5-109 越南西贡大厦 作者：克里斯·巴特斯比

图5-110 商业大厅设计 作者：迪克·斯尼里

　　整个画面处于冷色调之中，水彩技法很好地表现出阳光透过玻璃照射在大厅光洁的大理石地面上，又反射到墙面和天花板上，令整个空间的光线含蓄而明亮。（图5-109）

　　建筑构件投射在地面的阴影在作者的笔下显得透明并具有丰富的色彩，凸显了现代建筑的结构美感。（图5-110）

　　淡蓝色的色调表现了一个清爽淡雅的办公空间。在处理倒影在地面的影像时要注意，再光洁的大理石也不同于镜面，所有物体的形象在其中都会有所削减，因此明度和对比度都要降低。（图5-111）

图5-111 哈特福德地铁中心 作者：丹·哈蒙

通常在表现高大宽敞的空间时，常常只注意纵深方向的虚实变化，其实垂直方向的变化也值得关注。画面中拱券边缘自下而上有明显的渐变，突出了空间高度。（图5-112）

图5-113　旋转楼梯设计　作者：乔雨林

画面中整体呈现暖黄色调，作者加深植物和人物的色彩，使画面效果响亮，黑白对比强烈。（图5-120）

图5-112　礼时大厦大堂设计　作者：Ian Primett

图5-114　青衣地铁站　作者：里查德·麦耶

"白色派"建筑代表人物里查德·麦耶，一生最青睐白色，他认为白色最为丰富。在这幅作品中，原本白色的室内空间在阳光和建筑构件投射的阴影影响下，随着时间的迁移变化万千。（图5-114）

图 5-115　广州国际会议中心　作者：卡斯卡拉诺·米切尔

　　天花板中的巨大吊灯与地面的环形布置的座椅相对应。画面的中心由座椅围合空间的中心起始，向四周散开，犹如滴落的水滴溅起的层层涟漪。（图 5-115）

图 5-116　来顿大学医学中心癌症研究中心　作者：MANUEL AVILA

　　正确地利用明度对比，可以增强画面的光感，此作品做了良好的诠释。（图 5-116）

图 5-117　荷兰银行总部　作者：SOM 设计师事务所

　　造型奇特的屋顶和线脚丰富的装饰线，使阳光直射下的建筑墙体产生斑驳的肌理效果。（图 5-117）

图 5-118　香港新鸿基中心　作者：迈克尔·塞拉诺

　　电梯门如同镜面照射出对面的墙面，画面的细节处理考究，常见的电梯间在作者笔下也充满着趣味。（图 5-118）

参考书目

《设计词典》	张乃仁　主编	北京理工大学出版社
《室内设计》	朱小平　著	天津人民美术出版社
《艺术与视知觉》	阿道夫·阿恩·海姆（美）著	中国社会科学出版社
《审美价值的本质》	列·斯托洛维奇（苏）著	中国社会科学出版社
《现代建筑效果图》	贝思出版有限公司　编	中国计划出版社出
《世界建筑大师优秀作品集锦——KPF 建筑师事务所》	Images 出版公司（澳）编	中国建筑工业出版社
《当代世界建筑经典精选（1）赛扎·佩利》	林丽成　编著	世界图书出版公司
《世界建筑大师优秀作品集锦——NBBL 建筑师事务所》	Images 出版公司（澳）编	中国建筑工业出版社
《世界建筑大师优秀作品集锦——SOM 建筑师事务所》	Images 出版公司（澳）编	中国建筑工业出版社
《世界建筑大师优秀作品集锦——理查德·基廷》	Images 出版公司（澳）编	中国建筑工业出版社
《世界建筑大师优秀作品集锦——约翰逊波特曼事务所》	Images 出版公司（澳）编	中国建筑工业出版社
《建筑表现艺术》	格赖斯（美）编著	天津大学出版社
《日本建筑画表现精华(室内部分)》	王大伟　编著	哈尔滨出版社